Der Kuckuck

von Bruno Keiser
illustriert von Wilfried Poll

Lesemaus-Geschichten
herausgegeben von Stefan Wilfert

Serie: Tierische Geschichten

Oldenbourg

1., gemäß der Rechtschreibreform korrigierte Auflage 1997

Unveränderter Nachdruck 00 99 98 97
Die letzte Ziffer bezeichnet lediglich das Jahr des Drucks.

Lektorat: Ute Busche und Antje Glimmann
Herstellung: Karina Hack
Satz: Horst Gerbert Layoutsatz-Repro, Haar b. München
Repro: Wartelsteiner GmbH, Garching b. München
Druck und Bindung: Schoder Druck, Gersthofen

ISBN 3-486-**12297**-5

Einem Kuckuck widerfuhr Folgendes: Eines Tages erhielt er einen Brief von seiner Tante. Es ginge ihr nicht gut, schrieb sie. Er möge sie doch recht bald besuchen.

Nun muss man wissen, dass diese Tante ungewöhnlich vermögend war.

„Wenn ich ihrer Bitte nicht nachkomme", dachte sich der Kuckuck, „enterbt sie mich. Verlasse ich aber mein Revier, um zu ihr zu reisen, kann es mir passieren, dass sich ein anderer Kuckuck hier einnistet. Ihn dann wieder zu vertreiben ist schwer."

Hin- und hergerissen zwischen dem Wunsch sein Revier zu behalten und sich doch auch die Erbschaft der Tante zu sichern, überlegte der Kuckuck lange. Schließlich klemmte er seinen Regenschirm unter den Flügel und begab sich in die Stadt zu einem Uhrmacher.

„Du wirst dich erinnern“, sagte er zu dem Uhrmacher, „dass ich dir einmal einen guten Dienst geleistet habe. Du hast an dem Wettbewerb teilgenommen, bei dem es darum ging, wer die beste Kuckucksuhr anfertigen könne. Kurz bevor die Uhren dem Schiedsrichter vorgezeigt werden sollten, stelltest du fest, dass der hölzerne Kuckuck deiner Uhr nie rechtzeitig aus seinem Häuschen auftauchte, um die Stunde anzukündigen. Damals hast du mich gebeten in das Loch zu schlüpfen und die Rolle des mechanischen Vogels zu übernehmen. Fest steht, dass du nur durch meine Hilfe den ersten Preis bekommen hast.“

„Was willst du von mir?“, fragte der Uhrmacher. „Eine Kleinigkeit!“, meinte der Kuckuck. „Ich muss für eine Woche fort und möchte, dass du eine deiner Kuckucksuhren in meinem Revier aufhängst, damit dort ab und an Kuckucksrufe zu hören sind. Keiner von den anderen Kuckucks wird dann auf den Gedanken kommen, ich sei nicht da und man könne sich in meinem Revier ungestraft breit machen. Du darfst allerdings die Kuckucksuhr nur bei Nacht aufziehen, sonst kommt man uns auf die Schliche.“

„Abgemacht!“, sagte der Uhrmacher. „Aber nur eine Woche lang und unter der Bedingung, dass

du nie wieder von dem Wettbewerb sprichst.“
Der Kuckuck beschrieb dem Uhrmacher den Weg in sein Revier und wie er dort die alte Kastanie fände, in der die Kuckucksuhr aufgehängt werden sollte. Dann verließ er das Geschäft des Uhrmachers und schwenkte vergnügt seinen Regenschirm.
„Nun bin ich einmal in der Stadt“, dachte er, „da muss ich doch nicht gleich weiterreisen. Auf ein paar Stunden wird es der kranken Tante schon nicht ankommen.“
Er setzte sich in ein Wirtshaus und bestellte ein Glas Rotwein.

Den ganzen Tag über grübelte der Uhrmacher, wie er sich um den Auftrag des Kuckucks drücken könnte, ohne dass der einen Grund fände den Leuten von der Mogelei bei dem Wettbewerb zu erzählen.
Es traf sich günstig, dass ein Forstbeamter zu ihm in den Laden trat und nachfragte, ob der Uhrmacher nicht seinen Sohn als Lehrling nehmen wolle.
„Daraus könnte was werden", meinte der Uhrmacher. „Nur müssten Sie mir einen kleinen Gefallen tun."
„Abgemacht!", rief der Förster. „Worum handelt es sich?"
Der Uhrmacher nahm eine Kuckucksuhr aus einem Regal, wickelte sie in ein Tuch und überreichte das Bündel seinem Besucher. Dann erklärte er ihm den Weg zu dem Kastanienbaum im Revier des Kuckucks und bat ihn die Uhr dort aufzuhängen.
„Wenn Sie die Uhr jeden Tag nach Anbruch der Nacht aufziehen und eine Woche lang Acht geben, dass sie nicht abhanden kommt, dann will ich Ihren Sohn bei mir einstellen und zwei Jahre lang ausbilden. Aber ich werde gelegentlich

zum Waldrand gehen und horchen, ob meine Uhr auch wirklich *Kuckuck* ruft."

Der Forstbeamte wunderte sich zwar über diesen Auftrag, aber er dachte an die Ausbildung seines Sohnes. So eilte er zu seiner Frau, um ihr zu erzählen, was vorgefallen war.

„Das ist ja ganz gut und schön", meinte die Frau, „aber heute Abend kannst du nicht aus dem Haus gehen, um die Uhr aufzuhängen.

Hast du vergessen, dass wir den Oberförster zu Gast haben? Er würde es übel nehmen, wenn du nicht da bist, um ihn zu empfangen. Das kann dich deinen Posten kosten."

Der Förster brummte unwillig und rieb sich das Kinn. Nach einigem Nachdenken trat er zu seinem Forstgehilfen, der gerade einen Baumstamm zersägte.

„Hör mal", sagte der Forstbeamte, „willst du dir ein paar Mark verdienen?" Der Forstgehilfe nickte und der Förster erklärte ihm den Weg zu der Kastanie.

„Aber gib Acht", sagte er, „dass dich niemand dabei sieht!"

Sobald es dunkel wurde, nahm der Forstgehilfe die Kuckucksuhr unter den Arm und schlug den Weg zu dem Revier des Kuckucks ein. Von fern beobachtete ihn ein Polizist. Er dachte sich, wie merkwürdig, dass da einer zu dieser Stunde mit einem dunklen Paket unter dem Arm in den Wald geht.

Heimlich folgte er dem Forstgehilfen. Als der gerade dabei war die wie Tannenzapfen geformten Gewichte der Uhr aufzuziehen, die bereits in der Kastanie hing, trat der Polizist hinter einem Gebüsch hervor. „Halt!", rief er. „Was machst du hier?"

„Ich ziehe eine Kuckucksuhr auf", erwiderte der Forstgehilfe.
„Und von wem hast du die?"
„Das ist meine eigene",
log der Forstgehilfe.
Denn er wollte den Förster nicht mit in die Sache ziehen, schon weil der ihm doch aufgetragen hatte sich von niemandem erwischen zu lassen.
„So, das ist deine Uhr!", meinte der Polizist.
„Na, dann komm mal mit auf die Wache.
Morgen früh werden wir klären, woher du die Uhr hast."
Sosehr sich der Forstgehilfe auch sträubte,
er wurde abgeführt und in eine Gefängniszelle gesperrt.

Als der Förster merkte, dass sein Gehilfe nicht heimkehrte, machte er sich Sorgen. Kaum waren seine Gäste fort, verließ er das Forsthaus und eilte in das Revier des Kuckucks. Er fluchte, als er feststellte, dass in der Kastanie keine Kuckucksuhr hing.

„Wenn der Uhrmacher wirklich an den Waldrand geht", überlegte der Forstbeamte, „und keinen Kuckucksruf hört, wird er denken, ich hätte die Uhr nicht aufgehängt, und mein Sohn bekommt keine Lehrstelle."

Der Fostbeamte eilte zurück in die Stadt, weil er den Gehilfen dort zu finden hoffte. Vom vielen Gehen und Nachdenken war er durstig geworden. So trat er in ein Wirtshaus. Er staunte nicht schlecht, als er an der Theke einen Kuckuck sitzen sah, der seinen Schirm unter den Flügel geklemmt hielt und ein Glas Rotwein leerte.

„Wie geht's, wie steht's?", wandte sich der Förster höflich an den Kuckuck. „Was treiben Sie so?"

„Ich trinke ein Glas Rotwein", erwiderte der Kuckuck.

„Müssten Sie nicht eigentlich in Ihrem Revier sein?“, erkundigte sich der Förster.
„Muss ich nicht!“, sagte der Kuckuck.
„Da werden sich aber andere Kuckucks in Ihrem Revier breit machen!“
„Werden sie nicht!“, gab der Kuckuck zurück.
„Ich habe nämlich eine Kuckucksuhr angestellt, damit ich in Ruhe zu meiner kranken Tante reisen kann.“
„Ich glaube Ihnen kein Wort!“, rief der Förster.

„Wollen wir wetten?", schlug der Kuckuck vor. „Abgemacht!" Der Förster hielt dem Kuckuck seine Hand hin. „Wenn in Ihrem Revier tatsächlich eine Kuckucksuhr hängt, schulde ich Ihnen zehn Mark. Hängt dort aber keine, müssen Sie dort eine Woche lang jede Tages- und Nachtstunde mit der richtigen Anzahl von Kuckucksrufen ansagen. Einverstanden?"

Der Kuckuck legte seinen rechten Flügel in die Hand des Försters und freute sich auf die zehn Mark, die er zu gewinnen hoffte.
Sie brachen sofort auf. Als sie vor dem Kastanienbaum anlangten, blieb dem Kuckuck der Schnabel offen stehen.
„Der Uhrmacher hat mich betrogen …“, stotterte er.

„Keine Ausflüchte!“, meinte der Förster gemütlich. „Suchen Sie sich einen schönen Ast aus und jedes Mal, wenn Sie dann hören, dass die Kirchturmuhr schlägt, rufen Sie laut und vernehmlich Ihren Namen.“
So blieb dem Kuckuck nichts anderes übrig als die Kuckucksuhr zu ersetzen, die ihn hatte ersetzen sollen. Das kam ihm so albern vor, dass er zwischendurch immer wieder mal in ein meckerndes Gelächter ausbrach.

Noch vor Ablauf der Woche erhielt er einen
Brief seiner Tante. Sie schrieb ihm, da er sie
nicht besucht habe, werde sie ihn enterben.

Inzwischen war dem Uhrmacher die Uhr zurückgegeben worden, die man bei dem Forstgehilfen gefunden hatte. Daran merkte der Uhrmacher, dass der Förster auf seine Uhr nicht Acht gegeben hatte. Er ließ ihm sagen, er werde seinen Sohn nicht in die Lehre nehmen. Voller Wut entließ daraufhin der Förster seinen Forstgehilfen, der sich mit der Uhr hatte erwischen lassen. Darüber erboste sich wiederum der Forstgehilfe. Er lief in den Wald und ließ sich vom Kuckuck die ganze Geschichte mit der Tante, der Kuckucksuhr, dem Wettbewerb und der Mogelei des Uhrmachers haarklein erzählen.
Kurz darauf wusste die ganze Stadt davon. Die Leute nahmen dem Uhrmacher seinen Betrug so übel, dass keiner mehr in seinen Laden gehen mochte. Er geriet in Schulden und eines Tages kam der Gerichtsvollzieher und pfändete seine Wertsachen, indem er Zettel auf sie klebte.

Der Uhrmacher raufte sich die Haare. „Hol's der Kuckuck!", brüllte er, aber der hatte nun keine Verwendung für Kuckucksuhren mehr. Übrigens nennt man seit diesem Vorfall die Zettel, die der Gerichtsvollzieher klebt, „Kuckuck!", obwohl doch auf ihnen ein Adler zu sehen ist.

Bruno Keiser

Eigentlich schreibe ich lieber über andere als über mich. Schreiben ist wie lesen: Man möchte etwas Neues kennen lernen. Mich kenne ich schon seit über 65 Jahren. Ich bin sozusagen mein ältester Bekannter. Bekannte erzählen sich immer die gleichen Geschichten. Das ist nicht sehr spannend. Deswegen versuche ich neue Geschichten zu erzählen, am liebsten für Kinder. Es macht Spaß für Kinder zu schreiben, weil Kinder Spaß verstehen.

Bei Erwachsenen ist das nicht immer der Fall. Ich weiß, wovon ich rede. Ich habe als Journalist im Fernsehen früher viel für Erwachsene geschrieben. Aber wir wollen hier nicht vom Fernsehen reden, sondern vom Nahsehen. So kann man Lesen nennen. Lesen ist eine feine Sache. Ich sage das nicht nur, weil ich selbst ein paar Bücher geschrieben habe. Bücher lesen ist deshalb wunderbar, weil man still sitzt und gleichzeitig eine weite Reise unternehmen kann. Man ist allein und die ganze Welt kommt zu einem: Menschen, Monster, Maschinen, Prinzen und Punker, Fabelwesen und Tiere, zum Beispiel auch Kuckucks …

Lesemaus-Geschichten

herausgegeben
von Stefan Wilfert

MIT NEUER RECHTSCHREIBUNG

NEU

Serie:
Alles Gute!
Herzlichen Glückwunsch!
Frohes Fest!

Bekannte Kinderbuchautorinnen und -autoren erzählen sechs Geschichten zum Thema, Ostern, Muttertag, Weihnachten und zu anderen Feiertagen im Jahreslauf.

In Vorbereitung u.a.:

Am Muttertag ist die Mutter das Wichtigste
von Laura Feuerland, Best.-Nr. 04318-8

Richtig suchen und falsch suchen
von Gudrun Mebs, Best.-Nr. 04320-X

Kirchweih und Kikeriki
von Walter Hörmann, Best.-Nr. 04321-8

Weihnachtszeit voller Geheimnisse
von Tilde Michels, Best.-Nr. 04322-6

Der besondere Tag
von Laura Feuerland, Best.-Nr. 04317-X

Serie:
Menschliche
Geschichten

Elsa
von Gina Ruck-Pauquèt, Best.-Nr. 04441-9

Kaputtes Knie
von Gudrun Mebs, Best.-Nr. 04442-7

Das Nachrichtenband
von Frieder Stöckle, Best.-Nr. 04440-0

Streitlust
von Hannelore Voigt, Best.-Nr. 04438-9

Pauli Schussel und Claudia Sommersprosse
Geschichten von Martin Auer und Ditte Clemens, Best.-Nr. 04437-0

Tinka ist das tollste Pferd der Welt
von Klaus Peter Wolf, Best.-Nr. 04439-7

Serie:
Tierische
Geschichten

Die Ratte
von Walter Hörmann, Best.-Nr. 12298-3

Auch Mäuse mögen Weihnachtsplätzchen
von Tilde Michels, Best.-Nr. 12301-7

Wie der Tiger überlistet wurde
von Kedar Nath, Best.-Nr. 12299-1

Das Mädchen Eisenstein und der Rabe Fritz
von Klaus Kordon, Best.-Nr. 12304-1

Der Kuckuck
von Bruno Keiser, Best.-Nr. 12297-5

Die Spinne, die Giraffe und die Neugier
Geschichten von Helmut Glatz und Henky Hentschel, Best.-Nr. 12302-5